KB273327

해리엇 지퍼트 글

해리엇 지퍼트는 미국에서 태어나 자랐습니다. 초등학교 교사와 교육과정 개발자를 거쳐
어린이 독자를 위한 책을 쓰는 작가가 되었답니다. 저서로는 《안나의 빨간 외투》,
《졸린 개》, 《무슨 색이 될까?》 등이 있습니다.

에밀리 볼람 그림

에밀리 볼람은 영국 브라이턴 대학에서 미술을 공부한 뒤 그림책 일러스트레이터로
활동하며 많은 그림을 그렸습니다. 주요 작품으로 《무슨 색이 될까?》, 《많이! 많이!》,
《행복한 집》 등이 있습니다.

꼬마 당나귀 버찌 ❺

해변에서 놀아요

1판 1쇄 2013년 12월 20일

지은이 해리엇 지퍼트 그린이 에밀리 볼람
펴낸이 정연금 펴낸곳 멘토르
책임편집 이수정 기획 김미숙, 강지예, 조원선, 안소영
마케팅 나길훈 경영지원 안정배, 우은지
등록 2004년 12월 30일 제302-2004-00081호
주소 서울시 마포구 동교동 198-5번지 신흥빌딩 3층
전화 02-706-0911 팩스 02-706-0913 홈페이지 www.mentorbook.co.kr
ISBN 978-89-6305-669-2 (14840)

해변에서 놀아요

해리엇 지퍼트 지음 · 에밀리 볼람 그림

모래성을 쌓아요

버찌는 모래를 가지고 놀아요.

버찌는 모래성을 쌓아요. 꽤 크지요!

"다 쌓았니?"
아빠가 물어요.

"아직이요." 버찌가 대답해요.
"모래 놀이 재미있어요!"

아빠는 큰 파도가 밀려오는 걸 보았어요.

"어서 도망가자!" 아빠가 외쳐요.

버찌의 모래성이 파도에 무너졌어요.
버찌는 이제 모래 놀이가 싫어요!

아빠가 위로해 주어요.
"버찌야, 많이 슬프지?"

"우리 함께 모래성을 쌓자.
그러면 기분이 나아질 거야."

아빠와 버찌는 다시 모래를 가지고 놀아요.
아까보다 더 크게 모래성을 쌓아요.

“이 모래성도 무너지면요,
담에 더 큰 모래성을 쌓을 거예요.”

버찌는 용감해요

"자, 버찌야. 이제 바다에 들어가자."
아빠가 말해요.

하지만 버찌는 머뭇거려요.

"이리 와서 바다에 발을 담가 보렴.
바다에서 수영하는 건 정말 재미있단다."

바다에 발을 담가요?
잠깐만요. 물고기가
물까 봐 무서워요!

"물고기가 발을 문다고? 그럴 리가!
자, 이제 바다에서 놀자."

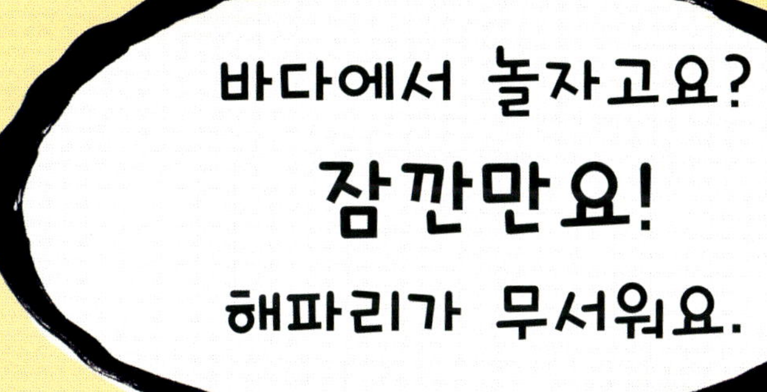

바다에서 놀자고요?
잠깐만요!
해파리가 무서워요.

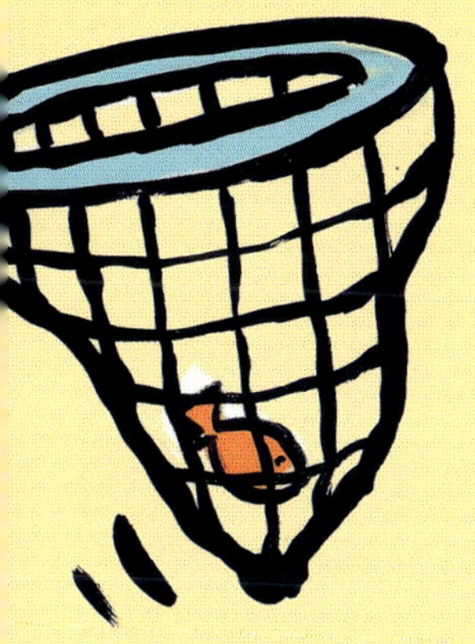

"해파리라고? 오늘은 없어.
자, 이제 진짜 바다에서 놀자!"

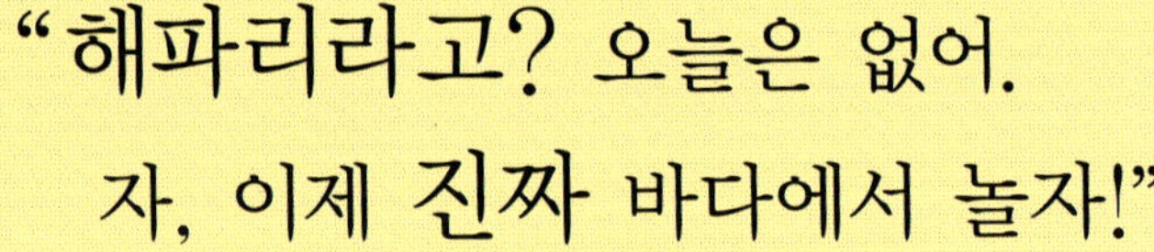

바다에서 놀자고요?
잠깐만요!
물이 너무 차가워요!

“물이 차갑다고? 아냐, 딱 좋아.
뜨거운 바다에서 놀 수는 없잖니!”

난 바다에
못 들어가요.
잠깐만요!

"버찌야, 이렇게 해 보자. 아빠가 버찌를 안고,
같이 바다로 들어가는 거야."
아빠가 버찌를 다독여요.

그러자 버찌가 대답해요.
"좋아요, 좋아! 나 수영해 볼래요."

"아빠, 바다에서 노니까 재미있어요.
바다가 정말 좋아요. 파도랑 해님도요."

버찌는 정말 용감해요.

잔잔한 바다에 첨벙첨벙 뛰어드는 걸 보세요!